AF268229

BIBLIOTHÈQUE
et
MAGASIN D'ÉDUCATION
ET DE RECRÉATION
Edit: J. Hetzel & Cie
Paris — 18-r. Jacob

Dessins par De Luch.

Amand Lith: Amsterdam.

LES TROIS MONTURES DE JOHN CABRIOLE.

John Cabriole se félicite déjà de son choix, lorsque, subitement, il sent sa bête agitée, nerveuse; il essaye en vain de la calmer par des caresses; les coups de cravache ne réussissent pas mieux. L'autruche s'est emportée, elle fait des bonds insensés.

John Cabriole tire si violemment sur les guides qu'elles se rompent. Il se cramponne alors des deux bras au cou de l'autruche qu'il étrangle à moitié et qui roule à terre entraînant son cavalier. S'il a perdu les étriers, il a conservé son sang-froid, et quand la bête se relève, il se retrouve en selle d'une façon inusitée, il est vrai, mais qui a le grand avantage de lui montrer la cause de la terreur de sa monture. Un éléphant était à sa poursuite.

John Cabriole se retient de son mieux au bouquet de plumes de la queue de son coursier, qui continue sa course folle jusqu'à une rivière que John Cabriole ne peut apercevoir et qui barre la route.

L'autruche s'arrête court; mais John Cabriole, grâce à la vitesse acquise, fait un plongeon dans l'eau.

Des indigènes témoins de sa chute, le
repêchent et l'étendent au soleil pour sécher
ses vêtements, ils vont ensuite lui chercher
une autre monture : c'est une girafe.

Nouvel et périlleux apprentis-
sage pour John Cabriole qui ne retrouve son assiette qu'après plusieurs
chutes.

Il repart enfin accompagné des
vœux de ses sauveurs.

Mais John Cabriole ne tarde pas à
s'égarer, il s'est à peine arrêté pour consulter
sa carte, qu'un cri strident, lancé à quelques
pas derrière lui, le fait retourner si violemment sur lui même qu'il est désarçonné, et
il se trouve à nez à trompe avec son maudit
éléphant du matin, qui décidément lui en veut.

Remonter sur le dos en pente de la girafe demandait plus de temps que ne paraissait vouloir en accorder le bruyant agresseur. John Cabriole ne songe pas davantage à lutter, il prend son courage à deux mains et ses jambes à son cou, mais pas assez vite, car il se sent presque aussitôt happé par le pan de son habit, puis saisi à plein corps et enlevé à quinze pieds de terre, au dessus de deux défenses menaçantes.

Amand lith. Amsterdam